Virginia Woolf

CLARISSA DALLOWAY Y SU INVITADA

Virginia Woolf

CLARISSA DALLOWAY Y SU INVITADA

Ilustraciones de
Fernando Vicente
Teresa Novoa

Traducción de
Colectivo Woolf BdL

Nørdicalibros
2022

Con la colaboración de la escuela de escritura
Billar de Letras (billardeletras.com)

© De las ilustraciones: Fernando Vicente y Teresa Novoa

© De la traducción: Lucía Blázquez García, Alberto Canto García, Maite Fernández Estañán (coordinadora), María del Rocío Fernández Pérez, Agustina Sol Fredes, Belén Galán Marín, Tania Gaviño, Daniel Garvín Vic, Marta Guerrero, Aarón López, Sara M. Morales Loren, Sandra Romero Ferrández, Anna Rosich Soler, Juan Ignacio Sendino Lamela

© De esta edición: Nórdica Libros, S. L.
Doctor Blanco Soler, 26 -28044 Madrid
Tlf: (+34) 917 055 057
info@nordicalibros.com

Primera edición: mayo de 2022

ISBN: 978-84-19320-06-3

Depósito Legal: M-12293-2022

IBIC: FA

Thema: FBA

Impreso en España / *Printed in Spain*

Gracel Asociados
(Alcobendas, Madrid)

Diseño de colección y maquetación: Diego Moreno

Corrección ortotipográfica: Victoria Parra y Ana Patrón

La señora Dalloway en Bond Street

Ilustrado por Fernando Vicente

La señora Dalloway dijo que ella misma compraría los guantes.

El Big Ben sonaba cuando salió a la calle. Eran las once en punto y la hora intacta estaba fresca como si acabaran de dársela a unos niños en la playa. Pero había algo solemne en el deliberado ritmo de los repetidos golpes; algo excitante en el murmullo de las ruedas y la sucesión de pasos.

Sin duda, no todos se dirigían a hacer recados por placer. Hay mucho más que decir de nosotros, además de que caminamos por las calles de Westminster. Igual que el Big Ben no sería más que un montón de varillas de acero corroídas por el óxido si no fuera por la Oficina de Obras y Patrimonio de Su Majestad. Solo para la señora Dalloway el momento era completo; para la señora Dalloway, el mes de junio estaba lleno de frescura. Una niñez feliz… y no eran solo las hijas de Justin Parry quienes pensaban que era un buen hombre (débil, por supuesto, como magistrado); las flores en la noche, el humo ascendiendo; los graznidos de los cuervos que caían y caían desde lo más alto, en el aire de octubre…, no hay nada que pueda reemplazar a la infancia. Una hoja de menta la evoca; o una taza con el borde azul.

Pobres desdichados, suspiró, y continuó. ¡Oh, justo por debajo de las narices de los caballos, vaya un diablillo!, y ahí permaneció en la acera con la mano extendida, mientras Jimmy Dawes sonreía al otro lado.

Una mujer encantadora, serena, entusiasta, con demasiadas canas para sus sonrojadas mejillas; así la vio Scope Purvis, compañero de la Orden del Baño,[1] al apresurarse a la oficina. La señora Dalloway se irguió levemente y esperó a que la camioneta de Durtnall pasara. El Big Ben dio la décima campanada; la undécima. Los círculos de plomo

---

[1] La Orden del Baño es una orden británica de caballería que tiene sus orígenes en la Edad Media. Los miembros pueden ser de tres clases: caballero de la Gran Cruz o dama de la Gran Cruz, caballero comandante o dama comandante y compañero o compañera (*Todas las notas son de los traductores*).

se desvanecieron en el aire. El orgullo la mantenía recta, heredera, transmisora, conocedora de la disciplina y del sufrimiento. Cuánto sufrían las personas, cuánto sufrían, pensó al recordar a la señora Foxcroft la noche anterior en la embajada, engalanada con joyas y el alma rota porque aquel agradable joven había muerto y ahora la antigua casa señorial (la camioneta de Durtnall pasó) iría a parar a un primo.

—¡Muy buenos días! —dijo Hugh Whitbread, levantándose el sombrero de manera un poco exagerada, ya que se conocían desde que eran unos niños, al pasar junto a la tienda de porcelana—. ¿Adónde vas?

—Me encanta pasear por Londres —contestó la señora Dalloway—. Es mucho mejor que pasear por el campo.

—Nosotros acabamos de llegar —dijo Hugh Whitbread—. Para ir al médico, por desgracia.

—¿Milly? —preguntó la señora Dalloway, sintiendo al instante compasión.

—No se encuentra bien, ya sabes. ¿Dick está bien?

—Divinamente —respondió Clarissa.

Claro —pensó, mientras seguía andando—, Milly es más o menos de mi edad: cincuenta o cincuenta y dos. Así que, probablemente, sea «eso»: la actitud de Hugh lo había dicho, lo había dicho perfectamente… Mi querido y viejo Hugh, pensó la señora Dalloway, recordando con regocijo, con gratitud y con emoción cuán tímido, como un hermano (sería preferible morir antes que hablar con un hermano) se había mostrado siempre Hugh cuando estaba en Oxford y les visitaba, y quizá alguna de ellas (¡maldición!) no podía montar a caballo. ¿Cómo iban a ocupar las mujeres escaños en el Parlamento? ¿Cómo iban a hacer cosas con los hombres? Hay algo muy profundo dentro de nosotras, un instinto extraordinariamente arraigado del que no podemos librarnos, por mucho que lo intentemos, y que los hombres como Hugh respetan sin que tengamos que pedirlo. Y eso es lo que adoro de mi querido y viejo Hugh, pensó Clarissa.

Había atravesado el Arco del Almirantazgo y al final del camino, despejado y flanqueado por delicados árboles, vio la peana blanca de la reina

Victoria, que irradiaba dulzura maternal, amplitud de miras y sencillez, siempre ridícula pero tan sublime, pensó la señora Dalloway recordando los Jardines de Kensington, a la señora mayor con anteojos y a su abuela diciéndole que se detuviera para hacer una reverencia a la reina. La bandera ondeaba sobre el palacio. Así pues, el rey y la reina habían vuelto. Dick había almorzado con ella el otro día; era una mujer absolutamente agradable. Es muy importante para los pobres y para los soldados, pensó Clarissa. Un hombre de bronce se alzaba heroicamente sobre un pedestal, con un rifle a su izquierda: la segunda guerra bóer. Es importante, pensó la señora Dalloway mientras andaba en dirección al Palacio de Buckingham. Ahí estaba: firme, a pleno sol, inflexible, sencillo. Pero lo que los indios respetaban, pensó, era el carácter, algo innato a la raza. La reina visitaba hospitales, inauguraba bazares..., la reina de Inglaterra, pensó Clarissa observando el palacio. Ya a esta hora un coche atravesó la verja, los soldados saludaron y las puertas se cerraron. Y Clarissa, tras cruzar el camino, se adentró en el parque con pose erguida.

Junio había hecho brotar hasta la última hoja de los árboles. Las madres de Westminster, con los pechos moteados, amamantaban a sus hijos. Unas jóvenes bastante respetables descansaban tumbadas sobre el césped. Un anciano, inclinándose con rigidez, recogió un papel arrugado, lo estiró y lo arrojó lejos. ¡Menuda escena! La noche anterior, en la embajada, *sir* Dighton había afirmado: «Si quiero que un muchacho me sujete el caballo, solo tengo que levantar la mano». Sin embargo, para *sir* Dighton la cuestión religiosa era mucho más seria que la económica, lo que encontraba especialmente llamativo en un hombre como él. «La nación nunca sabrá lo que ha perdido», se había sincerado, hablando libremente sobre su querido Jack Stewart.

Subió rápidamente la pequeña colina. El aire se agitaba con energía. Los mensajes pasaban desde la Flota hasta el Almirantazgo. Piccadilly y Arlington Street y The Mall parecían rozar el mismo aire del parque y alzar sus hojas con acaloramiento y lucidez sobre las olas de aquella divina vitalidad que tanto le gustaba a Clarissa. Cabalgar, bailar…, todo eso le encantaba. O dar largos paseos por el campo mientras hablaba sobre libros, sobre qué hacer con la vida, porque la gente joven era increíblemente arrogante. ¡Las cosas que había llegado a decir! Pero una tenía principios. La madurez es una lacra. La gente como Jack nunca lo sabrá, concluyó, ya que él no pensó ni una sola vez en la muerte. Decían que jamás supo que se estaba muriendo. Ya no tendrá que lamentar —¿cómo era?— una cabeza inútilmente cana. Del contagio del tizne paulatino del mundo… bebieron su copa una o dos rondas antes… ¡Del contagio del tizne paulatino del mundo! Se mantuvo erguida.

Pero ¡cómo se habría puesto Jack! ¡Citar a Shelley en Piccadilly! «Necesitas un broche», le habría dicho. Odiaba a la gente desaliñada. «¡Por Dios, Clarissa, por Dios!», podía oírle ahora en la fiesta de Devonshire House hablar de la pobre Sylvia Hunt, con su collar de ámbar y aquella seda vieja y raída. Clarissa se mantuvo erguida, porque había hablado en voz alta y ahora estaba en Piccadilly, pasando por delante de la casa de las

esbeltas columnas verdes y los balcones; pasó por delante de las ventanas del club llenas de periódicos; pasó por delante de la casa de la anciana *lady* Burdett Coutt, de donde solía colgar el loro blanco esmaltado; y por Devonshire House, sin sus leopardos bañados en oro; y por el hotel Claridge's, donde debía recordar que Dick quería que dejara una tarjeta a la señora Jepson antes de que se fuera. Los americanos ricos pueden ser muy seductores. Allí estaba el Palacio de Saint James, como un juego de construcción con ladrillos; y ahora —había pasado Bond Street— estaba frente a la librería Hatchards. El flujo era interminable..., interminable..., interminable. Lords, Ascot, Hurlingham... ¿Qué era? Qué encanto, pensó, mientras miraba la portada ilustrada de un libro de memorias expuesto en el escaparate, *sir* Joshua tal vez o Romney; una chica pícara, brillante, recatada; el tipo de chica —como su propia Elizabeth—, el único tipo de chica «real». Y estaba ese libro absurdo, el de Soapy Sponge, que Jim solía citar cada dos por tres, y los sonetos de Shakespeare. Se los sabía de memoria. Phil y ella habían discutido durante todo el día sobre la Dama Oscura y Dick había dicho abiertamente durante la cena que nunca había oído hablar de ella. En serio, ¡por eso se había casado con él! ¡Nunca había leído a Shakespeare! Tiene que haber algún librito barato que pueda comprar para Milly…, claro, ¡*Cranford*! ¿Hubo alguna vez algo tan delicioso como una vaca en enaguas? Ojalá la gente tuviera ahora ese tipo de humor, ese tipo de amor propio, pensó Clarissa, pues recordaba las amplias páginas, los finales de las frases, los personajes, cómo uno hablaba de ellos como si fueran reales. Para encontrar algo que valiera la pena uno debe volver al pasado, pensó. Del contagio del tizne paulatino del mundo… No temas ya los ardores del sol… Ya no tendrá que lamentar, no tendrá que lamentar, repitió, mientras sus ojos se perdían por encima de la ventana; porque rondaba por su cabeza; la marca de la gran poesía; los modernos nunca habían escrito nada que uno quisiera leer sobre la muerte, pensó; y se dio la vuelta.

Los autobuses se unían a los coches, los coches a las camionetas, las camionetas a los taxis, los taxis a los coches; en el interior de un descapotable una muchacha, sola. Me la imagino, se dijo Clarissa, sin parar de mover los pies hasta las cuatro de la madrugada, porque la muchacha parecía exhausta, medio dormida en un rincón después de una larga noche de baile. Llegó otro coche y otro más. ¡No! ¡No! ¡No! Clarissa dibujó una sonrisa afable. La voluminosa mujer se había afanado en engalanarse, pero ¿diamantes?, ¿orquídeas?, ¡a esa hora de la mañana! ¡No! ¡No! ¡No! El diligente guardia alzaría la mano llegado el momento. Pasó otro coche. ¡Qué falta de gusto! ¿Por qué se pintaba los ojos de negro una muchacha tan joven? Y un joven con una chica, a esa hora, mientras el país… El portentoso guardia levantó la mano y Clarissa reconoció la señal; cruzó sin prisa y se dirigió hacia Bond Street. Observó la vía estrecha y sinuosa, los carteles amarillos, los gruesos cables perforados del telégrafo que cruzaban el cielo.

Cien años atrás, su tatarabuelo, Seymour Parry —que huyó con la hija de Conway—, había paseado calle abajo por Bond Street. Por Bond Street calle abajo habían paseado los Parry durante cien años, y podrían haberse topado con los Dalloway

(Leigh por parte de madre) cuando estos iban calle arriba. Su padre se compraba la ropa en Hill's. Había un rollo de tela en el escaparate y, encima de una mesa negra, una jarra carísima, como el hermoso salmón rosado que tenían en los bloques de hielo de la pescadería. Las joyas eran espectaculares: había estrellas rosas y naranjas, imitaciones —de procedencia española—, pensó, y cadenas de oro viejo; hebillas relucientes y pequeños broches que habían lucido mujeres con tocados altos en sus prendas de raso verdemar. ¡Pero no, no eran bonitas! Había que mirar por el dinero. Debía pasar por delante de la tienda del vendedor de cuadros, donde tenían colgado uno raro y francés, como si la gente hubiera lanzado confeti —rosa y azul— para echarse unas risas. Si has estado rodeada de cuadros (y lo mismo sucede con los libros y la música), pensó Clarissa mientras pasaba por el Aeolian Hall, no te toman el pelo.

El flujo de Bond Street se había atascado. Allí, como una reina en un torneo, se alzaba, majestuosa, *lady* Bexborough. Estaba sentada en su carruaje, erguida, sola, y miraba a través de sus gafas. El guante blanco le quedaba suelto por la muñeca. Vestía ropa negra, ligeramente gastada, pero aun así, pensó Clarissa, cuánto dejaba traslucir, cortés, con amor propio, sin hablar nunca demasiado ni permitirle a la gente chismorrear; una amiga extraordinaria; nadie le puede encontrar defecto alguno después de todos estos años, y ahora aquí la tenemos, pensó Clarissa, adelantando a la condesa, que esperaba acicalada, completamente inmóvil, y Clarissa habría dado cualquier cosa por ser como ella, la señora de Clarefield, y hablar de política, como hacían los hombres. Pero ella nunca va a ningún sitio, pensó Clarissa, así que no tiene mucho sentido invitarla, y el carruaje siguió adelante y *lady* Bexborough pasó como una reina en un torneo, aunque no tenía nada por lo que vivir y el viejo está cada vez más decrépito y dicen que ella está harta de todo, pensó Clarissa, y, de hecho, *lady* Bexborough tenía lágrimas en los ojos cuando Clarissa entró en la tienda.

—Buenos días —dijo Clarissa con su encantadora voz—. Quería unos guantes —añadió con exquisita cordialidad. Dejó la bolsa encima del mostrador y, muy lentamente, empezó a desabrocharse los botones—. Guantes blancos —dijo—. Por encima del codo. —Miró directamente el rostro de la vendedora. No era la chica de las otras veces, ¿verdad? Se la veía bastante mayor—. Estos no me quedan bien —dijo Clarissa.

La chica de la tienda los miró y dijo:

—¿La señora lleva pulseras?

Clarissa separó los dedos y dijo:

—Puede que sean los anillos.

La chica se llevó los guantes grises al final del mostrador.

Sí, pensó Clarissa, si es la chica que recuerdo, tiene veinte años más. No había más que otra clienta, sentada de lado en el mostrador, con el codo suspendido, la mano descubierta colgando, vacía; como una figura en un abanico japonés, pensó Clarissa, demasiado vacía quizá, aunque algunos hombres la adorarían. La señora negó tristemente con la cabeza. De nuevo los guantes eran demasiado grandes. Apartó el espejo.

—Por encima de la muñeca —le reprochó a la mujer de cabello gris, quien miró y asintió.

Esperaron; un reloj hizo tictac; Bond Street murmuraba, apagada, distante; la dependienta se fue con los guantes en la mano.

—Por encima de la muñeca —dijo la señora, afligida, levantando la voz.

Y tendría que encargar sillas, helados, flores y fichas de guardarropa, pensó Clarissa. Las personas que ella no quería vendrían; las demás no lo harían. Se quedaría en la puerta. Vendían medias, medias de seda. A una dama se la conoce por sus guantes y sus zapatos, solía decir el viejo tío William. Y a través del fulgor plateado de las medias de seda miró a la señora, con los hombros caídos, la mano colgando, el bolso que se le resbalaba, la mirada ausente en el suelo. Sería intolerable que mujeres sin gracia fueran a su fiesta. ¿Habría gustado Keats si hubiera usado calcetines rojos? ¡Ay, por fin! Se acercó al mostrador y le vino a la mente:

—¿Recuerda aquellos guantes con botones de perlas que tenían antes de la guerra?

—¿Los franceses, señora?

—Sí, eran franceses —dijo Clarissa. La otra señora se puso en pie apesadumbrada, tomó su bolso, y miró los guantes que estaban sobre el mostrador. Pero todos eran demasiado grandes, siempre le quedaban demasiado holgados en la muñeca.

—Con botones de perlas —dijo la dependienta, quien parecía mucho más mayor, mientras desplegaba las hojas de papel de seda sobre el mostrador. Con botones de perlas, pensó Clarissa, nada más sencillo. ¡Y qué francés!

—La señora tiene unas manos muy delgadas —dijo la dependienta, deslizándole el guante con firmeza, con soltura, por encima de los anillos. Clarissa se miró el brazo en el espejo. Apenas si el guante alcanzaba el codo. ¿Tendrían otros un par de centímetros más largos? Parecía un poco desconsiderado molestarla por algo así… tal vez justo en ese día del mes, pensó Clarissa, en el que resulta una tortura estar de pie.

—No se moleste —dijo. Pero la dependienta trajo los guantes de todas maneras.

—¿No acaba completamente agotada —preguntó con su encantadora voz— de estar de pie? ¿Cuándo tendrá vacaciones?

—En septiembre, señora, cuando el negocio esté más tranquilo.

Cuando nosotros vamos al campo, pensó Clarissa. O salimos a cazar. Ella pasa dos semanas en Brighton. En algún hospedaje atestado de gente. La casera esconde el azúcar. Sería tan fácil ofrecerle la casa de la señora Lumley en el campo (y lo tenía en la punta de la lengua). Sin embargo, recordó cuando en la luna de miel, Dick le había demostrado lo absurdo que era dar compulsivamente. «Es mucho más importante —decía— hacer negocios con China». Por supuesto que tenía razón. Y podía sentir que a la muchacha no le iba a agradar que le hicieran favores. Aquí estaba en su lugar. Al igual que Dick estaba en el suyo. Vender guantes era su trabajo. Sus penas eran distintas. «Ya no tendrá que lamentar, no tendrá que lamentar», las palabras sonaban en su mente: «Del contagio del tizne paulatino del mundo», pensó Clarissa manteniendo quieto el brazo, porque hay momentos en que parece del todo inútil (le quitaron el guante y el brazo le quedó cubierto de talco): simplemente una, pensó Clarisa, deja de creer en Dios.

De repente, el tráfico rugió; las medias de seda brillaron. Una clienta entró.

—Guantes blancos —dijo, con una sonoridad en la voz que Clarissa recordaba.

Solía ser tan simple, pensó Clarissa. Bajando, bajando, a través del aire, vino el graznido de los cuervos. Cuando Sylvia murió, muchos años atrás, los setos de tejo se veían tan hermosos con las telarañas de diamante en la niebla antes de la primera misa. Pero si Dick fuese a morir mañana, en cuanto a creer en Dios, no; ella dejaría a los niños decidir, pero por sí misma, como *lady* Bexborough, quien abrió el bazar, dicen, con el telegrama en mano —Roden, su favorito, muerto—, seguiría adelante. Pero ¿por qué si uno no cree? Por el bien de otros, pensó, tomando el guante en su mano.

Esta muchacha sería mucho más infeliz si no creyera.

—Treinta chelines —dijo la dependienta—. No, disculpe, señora, treinta y cinco. Los guantes franceses cuestan más.

Porque uno no vive para sí mismo, pensó Clarissa.

Y después la otra clienta tomó un guante, tiró de él y se desgarró.

—¡Ay! —exclamó.

—Un defecto en la piel —dijo apresuradamente la mujer de pelo gris—. A veces una gota de ácido en el proceso de curtido. Pruebe este par, señora.

—¡Pero entonces es una estafa terrible pedir dos libras con diez!

Clarissa miró a la señora; la señora miró a Clarissa.

—Los guantes no son tan buenos desde la guerra —dijo la dependienta, pidiéndole disculpas a Clarissa.

¿Pero dónde había visto a la otra mujer?, entrada en años, con un volante bajo el mentón, llevaba un lazo negro para sujetar sus gafas de oro; sensual, inteligente, como una pintura de Sargent. Cómo se reconoce por la voz, pensó Clarissa —me queda un poco ajustado, dijo—, cuando una persona está acostumbrada a hacer que los demás obedezcan. La vendedora se fue de nuevo. Clarissa se quedó esperando. No temas, repetía jugando con el dedo en el mostrador. No temas ya los ardores del sol. No temas, repetía. Tenía pequeñas manchas marrones en la piel. Y la dependienta avanzaba a paso de tortuga. Diste fin a tu tarea en esta vida. Miles de jóvenes han muerto para que las cosas puedan continuar. ¡Por fin! Un centímetro por encima del codo, botones de perlas, talla cinco y un cuarto. Mi tortuguita, pensó Clarissa, ¿crees que puedo quedarme aquí sentada toda la mañana? ¡Ahora vas a tardar veinticinco minutos en traerme el cambio!

Hubo una violenta explosión fuera, en la calle. Las vendedoras se resguardaron tras los mostradores. Pero Clarissa, sentada muy recta, sonrió a la otra señora. «¡Señorita Anstruther!», gritó.

El vestido nuevo

Ilustrado por Teresa Novoa

Mabel tuvo por primera vez la seria sospecha de que algo no iba bien cuando se quitó la capa y la señora Barnet, mientras le daba el espejo y tocaba los cepillos, haciendo que se percatara, de manera quizá demasiado evidente, de todos los objetos que había en el tocador para arreglar y retocar el cabello, la tez y la vestimenta, le confirmó la sospecha, que fue creciendo conforme subía las escaleras y le asaltó con fuerza al saludar a Clarissa Dalloway, de que… no estaba bien, para nada bien, y se fue directamente al fondo de la habitación, a una esquina sombría en la que colgaba un espejo, y se miró. No, no estaba «bien». Y de repente la tristeza que siempre intentaba esconder, la profunda insatisfacción…, la sensación que había tenido desde que era una niña de ser menos que los demás… la invadió de manera cruel e implacable, con una intensidad que no pudo evitar, como haría cuando se despertara por la noche en casa, leyendo a Borrow o a Scott; pues ¡ay, estos hombres!, ¡ay, estas mujeres!, todos allí, pensando «¿qué lleva puesto Mabel?, va hecha un adefesio, ¡el vestido nuevo es horroroso!»; al llegar a lo alto de la escalera parpadeaban y cerraban los ojos con cierta fuerza. Lo que la abatía era su terrible ineptitud, su cobardía, su sangre aguada y pusilánime. Y de repente toda la habitación en la que, durante incontables horas, había planeado con la joven modista cómo se iba a desarrollar la velada, le resultaba sórdida, repulsiva; y su sala de estar tan deslucida, y ella misma, al salir, hinchiéndose de vanidad cuando acarició las cartas encima de la mesa del vestíbulo y dijo «¡qué insulso!» para presumir..., todo aquello le parecía ahora una tontería inenarrable, fútil y provinciana. Desde el momento en que la señora Dalloway entró en la sala de estar, todo había estallado, había quedado en evidencia y se había destruido por completo.

Lo que había pensado aquella tarde cuando, mientras tomaba el té, recibió la invitación de la señora Dalloway, fue que ella, qué duda cabía, no era estilosa. Era absurdo tratar de aparentarlo: ir a

la moda requería hechura, requería elegancia, requería, como mínimo, treinta guineas…, pero ¿por qué no ser original?, ¿por qué no ser ella misma, de todos modos? Y, levantándose, había tomado aquella vieja revista de moda de su madre, una revista de moda parisina de la época del Imperio, y había pensado que las mujeres de entonces eran mucho más guapas, más elegantes y más femeninas, y se había dispuesto (¡qué disparate!) a intentar ser como ellas, recreándose, de hecho, en su modestia y en estar desfasada y en ser encantadora, entregándose toda ella, sin duda alguna, a una orgía de narcisismo que merecía ser castigada, y así fue como se engalanó.

No se atrevía a mirarse en el espejo. Era incapaz de enfrentarse a la integridad del horror: ese vestiducho de seda amarillo pálido, absurdamente desfasado, con su falda larga y sus mangas altas y su cintura y todas aquellas cosas que parecían tan ideales en la revista de moda, pero no en ella, no entre toda esa gente corriente. Allí, quieta, se sentía como un maniquí de costura que los jóvenes usarían para clavar sus alfileres.

—Querida, pero si estás radiante —dijo Rose Shaw mientras la miraba de arriba abajo con aquel previsible pucherito satírico en los labios. La propia Rose iba vestida a la última moda, exactamente como los demás, siempre.

Todos somos como moscas que intentan trepar por el borde del plato, pensó Mabel, y repitió la frase como si se estuviera santiguando, como si estuviera tratando de encontrar algún hechizo para anular ese dolor, para hacer soportable esa agonía. Cuando el dolor la consumía, entonces le venían a la mente fragmentos de Shakespeare y frases de libros que había leído años atrás, y las repetía una y otra vez. «Moscas que intentan trepar», repitió. Si pudiera pronunciar aquello las veces suficientes hasta poder ver las moscas, se quedaría entumecida, fría, perpleja, muda.

Ahora podía ver moscas trepando lentamente para salir del plato de leche con sus alas pegadas; y se esforzaba y se esforzaba (allí frente al espejo, escuchando a Rose Shaw) en ver a Rose Shaw y a todas las otras personas que estaban allí como moscas que intentaban salir de algo o meterse en algo, magras, insignificantes, infatigables. Pero no pudo verlas así, no a las otras personas. Se vio a sí misma así, ella era una mosca, pero los demás eran libélulas, mariposas, insectos maravillosos que danzaban, revoloteaban, volaban a ras de suelo, mientras ella sola se arrastraba para salir del plato. (Envidia y rencor, los vicios más detestables, eran sus principales defectos).

—Me siento como una mosca vieja, tremendamente sucia, consumida y desarreglada —dijo, provocando que Robert Haydon se detuviera para oírla decir eso, solo para tranquilizarse a sí misma al formular una frase pobre y endeble y mostrar qué desapegada era, qué ingeniosa, y que no se sentía en absoluto fuera de nada. Y, por supuesto, Robert Haydon respondió algo, bastante educado, bastante fingido, que ella comprendió enseguida, y se dijo a sí misma —él se fue de inmediato— (de nuevo tomado de algún libro): «¡Mentiras, mentiras, mentiras!». Porque una fiesta hace que las cosas parezcan mucho más reales o mucho menos reales, pensó; vio al instante hasta el fondo del corazón de Robert Haydon; lo percibió todo. Vio la

verdad. «Esto» era verdad, este salón, este ser, y lo demás, falso. El pequeño taller de la señorita Milan era una estancia tórrida, agobiante, mugrienta. Olía a tela y a repollo al fuego. A pesar de ello, cuando la señorita Milan le colocó el espejo en la mano y se vio con el vestido puesto, ya acabado, sintió que una inmensa dicha le invadía el corazón. Radiante, como un ser que descubre su existencia. Libre de preocupaciones y de arrugas, ante sí tenía todo lo que había soñado ser: una mujer hermosa. Fue solo un segundo el tiempo que se vio —no habría osado mirar más, ya que la señorita Milan quería saber el largo de la falda—, encuadrada en el volutante marco de caoba, como una joven encantadora, de tez perlada y sonrisa misteriosa; su esencia, su alma. Y no fue mera vanidad o narcisismo lo que la hizo verse como un ser bondadoso, tierno y sincero. La señorita Milan dijo que la falda no podía ser más larga. Si acaso, dijo frunciendo el ceño, aplicando todo su ingenio, debía ser más corta. En ese instante, de pronto, sintió un profundo y sincero amor por ella; más, mucho más cariño que por nadie en el mundo entero, y podría haber roto a llorar de pena al verla arrastrándose por el suelo, con la boca llena de alfileres, el rostro colorado y los ojos hinchados…, que un ser humano hiciera algo así por otro…; y vio a todos como simples seres humanos, y se vio a ella misma yendo a la fiesta, y a la señorita Milan descubriendo la jaula del canario o dejando que picoteara un grano de alpiste de entre sus labios. Pensar en ello, en ese aspecto de la naturaleza humana, en su paciencia, su estoicismo y su satisfacción con esos pequeños placeres tan nimios, tan exiguos, tan sórdidos, hizo que se le llenaran los ojos de lágrimas.

Y ahora todo había desaparecido. El vestido, la habitación, el amor, la pena, el espejo volutante y la jaula del canario… Todo había desaparecido y allí estaba ella, en un rincón del salón de la señora Dalloway, atormentada, consciente de la realidad.

Daba risa y era de débiles el hecho de que, a su edad y con dos hijos, se preocupara tanto por minucias. Pasaba lo mismo con que dependiera por completo de lo que la gente dijera y con que no tuviese principios o ideales. Tampoco era capaz de decir, tal y como hacía otra gente: «¡Siempre nos quedará Shakespeare!», «¡Al final todos acabamos muriendo!», «No somos más que marineros en este valle de lágrimas», o lo que fuera que la gente dijese.

Se encaró en el espejo, se dio una palmadita en el hombro izquierdo y entró en la sala, como si de todos lados le hubiesen arrojado lanzas al vestido amarillo. Pero en lugar de mostrarse fiera o trágica, como habría hecho Rose Shaw —Rose se habría dado un aire a Boudica—, parecía tonta y cohibida; tenía una sonrisa estúpida en la cara, como una colegiala, y andaba con los hombros caídos y con un sigilo extremo, como si fuera un perro apaleado. Miró el cuadro, que era un grabado. ¡Como si uno fuera a una fiesta a mirar un cuadro! Todos sabían por qué lo hacía: por vergüenza, por humillación.

«Ahora la mosca está en el plato», se dijo a sí misma, justo en el centro, y no puede escapar, y la leche, pensó, mientras miraba fijamente hacia el cuadro, hace que las alas se le peguen.

—Qué anticuado —le dijo a Charles Burt, haciendo que se detuviera (algo que él odiaba) cuando se dirigía a hablar con otra persona.

Lo que quería decir, o intentó convencerse a sí misma de que quería decir, era que lo anticuado era el cuadro, y no el vestido. Y una palabra de elogio, una palabra de afecto por parte de Charles lo habría sido todo para ella en ese momento. Un simple «Mabel, ¡esta noche estás radiante!» le habría cambiado la vida. Pero entonces le habría tocado ser honrada y directa. Charles no dijo nada parecido, evidentemente. Era pura mezquindad. Siempre calaba a las personas, más aún cuando se sentían particularmente miserables, insignificantes o estúpidas.

—¡Mabel lleva un vestido nuevo! —dijo Charles, y la pobre mosca sintió cómo la empujaban hacia el centro del plato sin piedad. En verdad él quería verla hundirse, pensó. No tenía corazón, ni ningún tipo de bondad, solo un barniz de cordialidad. La señorita Milan era mucho más real, mucho más amable. Ojalá uno pudiera aferrarse a esos sentimientos y quedarse ahí, para siempre. «¿Por qué?», se preguntó, respondiendo a Charles con insolencia, haciéndole ver que estaba malhumorada, o «irritada», como él lo llamaba («Conque estás un poco irritadita, ¿eh?», le dijo, y continuó riéndose de ella con alguna mujer). ¿Por qué no puedo sentir solo una cosa siempre, sentirme completamente segura de que la señorita Milan está en lo correcto y Charles equivocado, y mantenerme en esa postura, sentirme segura acerca del canario y la lástima y el amor y no dejarme azotar en un instante al entrar en una habitación llena de gente?, se preguntó. Era de nuevo su carácter odioso, débil y vacilante, que cedía siempre en el momento crítico y no se interesaba seriamente por la conquiliología, la etimología, la botánica, la arqueología, por cortar las patatas y verlas fructificar como Mary Dennis, como Violet Searle.

Entonces la señora Holman, al verla allí de pie, arremetió contra ella. Por supuesto, para la señora Holman un vestido era algo trivial, porque su familia siempre estaba cayéndose por las escaleras o con escarlatina. ¿Podría Mabel decirle si Elmthorpe se alquilaba en agosto y septiembre? Era una conversación que le aburría sobremanera. Le enfurecía que la trataran como a un agente inmobiliario o a un mensajero, que la utilizaran. No tener valor, eso era, pensó, tratando de aferrarse a algo concreto, a algo real, mientras intentaba responder con sensatez respecto al baño y la orientación al sur y el agua caliente que llegaba hasta los pisos superiores de la casa; y todo el tiempo podía ver pedacitos de su vestido amarillo en el espejo redondo, que los volvía a todos del tamaño de botones de bota o renacuajos. Y era asombroso pensar cuánta humillación y agonía y vergüenza y esfuerzo y apasionados altibajos emocionales cabían en algo del tamaño de una moneda de tres peniques. Y lo que resultaba aún más extraño era que esta Mabel Waring era ajena a todo aquello, no conseguía conectar; y aunque la señora Holman (el botón negro) se inclinaba hacia ella y le contaba que su hijo mayor había estado corriendo hasta tener pinchazos en el pecho, podía ver en el espejo que tampoco ella lograba conectar y que era imposible que el gesticulante punto negro que se inclinaba hacia el punto amarillo, solitario y ensimismado en sus cosas, pudiera hacer que este último se pusiera en el lugar del punto negro, aunque ambas fingieran lo contrario.

«No hay manera de que los niños se estén quietos», ese tipo de cosas que una decía.

Y la señora Holman, para la que ninguna muestra de comprensión era nunca suficiente y que se apropiaba con avaricia de cualquier brizna, como si estuviera en su derecho (a pesar de merecer mucha más; a fin de cuentas era su hija la que había bajado esa mañana con la rodilla inflamada), tomó esta ofrenda de poca monta y la sopesó con desconfianza, molesta, como cuando uno esperaba una propina de una libra, pero solo recibía un penique, y se la guardó en el monedero (hay que conformarse con lo que hay, por escaso y mezquino que sea, pues son tiempos difíciles, muy difíciles). Y continuó con sus lloriqueos, pobre señora Holman, sobre la niña y sus articulaciones inflamadas. Qué trágica era esa avaricia, qué trágico el clamor de esos seres humanos que, como una hilera de cormoranes que graznan y baten las alas, reclamaban atención. Era trágico. Ojalá fueran capaces de sentir compasión de verdad en vez de limitarse a fingirla.

Pero esa noche, con su vestido amarillo, no era capaz de escurrir ni una gota más; quería toda la compasión, toda para ella. Sabía (no podía dejar de mirar al espejo, sumergiéndose en el penoso y revelador charco azul) que estaba condenada, la despreciaban, la habían abandonado en esa agua estancada por ser una débil, vacilante criatura; y sentía que el vestido amarillo era un castigo que merecía, y que si hubiera lucido como Rose Shaw, en un adorable vestido verde ajustado con pliegues de pluma, habría merecido lo mismo; y pensó que no tenía escapatoria, ninguna en absoluto. Pero no era culpa suya, después de todo. Era por haber nacido en una familia de diez hermanos; nunca con dinero suficiente, siempre escatimando y recortando gastos; y su madre cargando grandes latas y el linóleo desgastado en el borde de las escaleras y una sórdida tragedia familiar tras otra… Nada catastrófico: la granja de ovejas se venía abajo, pero no del todo; su hermano mayor se casaba con una mujer de clase más baja, pero no tanto…, no había magia, nada era intenso. Languidecían con dignidad en los pueblos de la costa; cada balneario tenía a una de sus tías, incluso ahora, durmiendo en algún hospedaje con las ventanas principales que no daban exactamente al mar. Era típico de ellos…, mirando siempre las cosas de reojo. Y ella había hecho lo mismo, era igualita a sus tías. En lo que se refería a todos sus sueños de vivir en la India, casada con algún héroe como *sir* Henry Lawrence, algún constructor del Imperio (aún hoy la visión de un nativo con turbante la llenaba de romanticismo), habían fracasado absolutamente. Se había casado con Hubert, que tenía un trabajo estable de subordinado en los tribunales, se las arreglaba en una casa algo pequeña, sin las sirvientas adecuadas, con un guiso cuando estaba sola o solo pan y mantequilla, pero de vez en cuando… La señora Holman se había marchado pensando que ella era la persona más seca y fría que jamás había conocido, absurdamente vestida, y les hablaría a todos sobre la apariencia grotesca de Mabel… De vez en cuando, pensó Mabel Waring, a la que habían dejado sola en el sofá azul, ahuecando un cojín para parecer ocupada, pues no se uniría a Burt y Rose Shaw, que parloteaban como urracas y quizás se reían de ella junto a la chimenea…; de vez en cuando vivía momentos deliciosos: leyendo la pasada noche en la cama,

bajo el sol junto al mar en la arena, en Pascua —dejémosla recordar—, una gran cresta de manojos de hierba retorcidos en la pálida arena como un haz de lanzas contra el cielo, que era azul como un huevo de suave porcelana, tan firme, tan rígido, y después la melodía de las olas —«shhhh, shhhh», decían—, y los gritos de los niños remando... Sí, fue un momento divino, allí, tumbada, se sintió, en la mano de la Diosa que era el mundo, una diosa de corazón duro, pero muy bella, como un pequeño cordero puesto en el altar (una pensaba esas tonterías y no importaba mientras nunca las dijera). Y, a veces, con Hubert, de forma inesperada, sin motivo, el domingo a la hora de comer, al trinchar el cordero, al abrir una carta, al entrar en una habitación, ella vivía instantes maravillosos en los que se decía (pues no se lo contaba a nadie): «Ya está, ya ha ocurrido. ¡Ya está!»; y lo contrario era también igual de sorprendente, cuando todo se conjugaba, música, buen tiempo, vacaciones..., se daban todas las condiciones para la felicidad, y entonces no ocurría nada. Una no era feliz. Todo era monótono, solo monótono, y eso era todo.

Se trataba, claro, de su infeliz carácter. Siempre había sido una madre inquieta, débil, nunca había estado a la altura, una esposa indecisa que flotaba en una especie de existencia crepuscular, nunca había sido muy lúcida ni atrevida, tampoco tenía opiniones formadas con claridad, ni ella ni ninguno de sus hermanos y hermanas, con la excepción, quizás, de Herbert: no eran más que unos pobres incapaces sin sangre en las venas. Y así, en medio de esa existencia diminuta, de repente se vio elevada a la cresta de la ola. La miserable mosca —pero ¿dónde había leído aquella historia que la obsesionaba de la mosca y el plato?— luchaba por salir. Sí, había momentos como aquellos. Pero ahora que tenía cuarenta años serían cada vez más inusuales. Poco a poco cejaría en su lucha. Pero ¡era lamentable! ¡Era intolerable! ¡No lo iba a aguantar! Le hacía avergonzarse de sí misma.

Mañana iría a la biblioteca de Londres. Encontraría, por casualidad, algún libro magnífico, útil, portentoso, un libro escrito por un sacerdote norteamericano de quien nunca nadie había oído hablar; o caminaría por Strand y se pasaría, de casualidad, por una sala donde un minero estaría contando historias de su vida en el pozo, y de repente se convertiría en una nueva persona. Habría cambiado por completo. Llevaría un uniforme; la llamarían sor Alguien; nunca más pensaría en la ropa. Y para siempre tendría las ideas claras sobre Charles Burt, la señorita Milan y sobre esta y aquella habitación; y siempre sería, día tras día, como si estuviera tumbada al sol o trinchando un cordero. ¡Así sería!

Se levantó del sofá azul, y con ella, el botón amarillo del espejo, y saludó con la mano a Charles y a Rose como señal de que no dependía de ellos en lo más mínimo, y el botón amarillo se salió del espejo, y todas las lanzas se dirigieron justo a su pecho mientras caminaba hacia la señora Dalloway y le decía:

—Buenas noches.

—Pero si aún es muy temprano —dijo la señora Dalloway, siempre tan encantadora.

—Me temo que debo irme —dijo Mabel Waring—. Pero —añadió con su voz débil y trémula que solo sonaba ridícula cuando trataba de afianzarla— me he divertido muchísimo.

—Lo he pasado muy bien —le dijo al señor Dalloway, con quien se había topado en las escaleras.

«¡Mentiras, mentiras, mentiras!», se dijo a sí misma, bajando las escaleras, y «¡justo en el plato!», se dijo mientras le daba las gracias a la señora Barnet por ayudarla y se envolvía y envolvía y envolvía en la capa china que llevaba usando veinte años.

Nota de los traductores

Clarissa Dalloway y su invitada reúne dos cuentos que orbitan alrededor de la aclamada novela *La señora Dalloway* (1925): «La señora Dalloway en Bond Street» y «El vestido nuevo».

Tratándose de una nueva traducción, y conociendo los textos, parecía adecuado presentarla bajo un nuevo título y poner el foco de atención en las mujeres que protagonizan cada relato. Parecía adecuado también realzar, respecto del segundo cuento, a la persona que lleva el vestido (y lo sufre).

El primero de los cuentos, «La señora Dalloway en Bond Street», precede a la novela y es dos años posterior al momento en que Virginia Woolf declara en su diario, el 26 de julio de 1922, haber encontrado su voz como escritora:

«No tengo la menor duda de que he descubierto la manera de comenzar a decir algo (a los cuarenta) con mi propia voz; y esto me interesa de tal manera que creo que puedo seguir adelante sin necesidad de elogios».[2]

«La señora Dalloway en Bond Street» es, pues, la antesala, una versión reducida pero fiel de ese estilo moderno de narrar las cosas que Virginia Woolf está descubriendo, con el que rechazará el modelo realista, característico de la época victoriana, y que culminará un año después con la novela *La señora Dalloway*. Se trata de una forma de narrar que incluye sobre todo pequeñas cosas, ruidos, interrupciones externas, pensamientos, diálogos internos…, todo lo que, en este caso, le pueda pasar por la cabeza a una mujer de clase alta y todo lo que pueda encontrar a su paso que la distraiga y la acompañe desde

---

[2] Virginia Woolf, *Diario de una escritora*, Ediciones y Talleres de Escritura Creativa Fuentetaja, 2003, trad. de Andrés Bosch, pág. 71. Consultado en Google Books. https://books.google.com/books/about/Diario_de_una_escritora.html?id=a5xDPHKzgXAC. Fecha de consulta: 11 de octubre de 2021.

su casa a la tienda, adonde se dirige a comprar un par de guantes.

En el segundo cuento, «El vestido nuevo», la protagonista, Mabel, acude como invitada a una fiesta en casa de la señora Dalloway. Es muy probable que se trate de la misma fiesta en la que Clarissa Dalloway está pensando en el primer relato. Aquí Virginia Woolf nos sumerge en el torrente de pensamientos de Mabel, convirtiéndonos en espectadores privilegiados y palpamos, gracias al vestido nuevo que ha encargado para la ocasión, un mundo interior caracterizado por la inseguridad, las apariencias, la inferioridad de clase, la búsqueda de la propia individualidad, las ansias por formar parte de un grupo, el conflicto interior, las ganas de escapar, el ser fiel a una misma… Un proceso enteramente angustioso que presenciamos en primera persona.

Esta forma de narrar que Woolf está descubriendo se traduce en su escritura en un ritmo carente en cierta medida de pausas, o más bien de separaciones entre ambientes y situaciones, por así decirlo. La autora juega con la cadencia a través de la puntuación y nos sumerge en un flujo de conciencia donde lo personal e íntimo se funde con lo impersonal y ajeno; la puntuación, especialmente particular, se torna un elemento narrativo muy importante que hay que tener en cuenta durante todo el proceso de traducción. Y todo ello bañado con referencias a personajes, acontecimientos o lugares de la época, que añaden dificultad a la tarea de trasladar el texto a un idioma y cultura donde muchos de estos referentes son desconocidos. O la particular importancia que adquieren ciertas palabras sin equivalente exacto en español, como es el caso de *sympathy*. Mabel habla de ese deseo que tenemos los humanos de que «nos hagan caso», pero no de cualquier manera. Caso de verdad. Que el otro nos preste atención y nos comprenda, que sienta pena cuando nos vienen mal dadas y se solidarice con nosotros. Todo esto, el inglés tiene la capacidad de solucionarlo con una única palabra, si el hablante lo desea. Hasta puede recurrir a ella para dar sus condolencias. *Sympathy* designa ese sentimiento tan profundo de comprensión del otro y sus circunstancias que nos lleva a acompañarlo en su pesar y, en ocasiones, a brindarle nuestro apoyo. Por esta razón, en nuestro texto, al tratar de ajustarnos con fidelidad a los pensamientos de Mabel, recurrimos a «comprensión», «atención» y «compasión» para expresar lo que Virginia Woolf resuelve con un simple «*sympathy*».

Esta traducción ha sido especialmente significativa para todos nosotros, ya que empezar a trabajar los textos durante la cuarentena permitió que voces de diversos lugares del mundo convergieran en Billar de Letras. La pandemia nos quitó muchas cosas; sin embargo, nos dio la oportunidad de encontrarnos, de traducir no solo desde Madrid, sino desde Cataluña, Galicia, Andalucía, pero también desde Egipto, Reino Unido, Argentina, Francia, Perú y México, de encontrar una voz unificada a partir de la amalgama de tantos acentos y expresiones distintas. Además, está la novedad del proceso en sí: abordar estos dos cuentos breves desde una perspectiva grupal —multicultural y polifónica— ha supuesto un reto, pero al mismo tiempo nos ha permitido aprender sobremanera unos de otros. Recibir la retroalimentación de catorce colegas es un lujo. En este sentido, especialmente enriquecedor ha sido el proceso de corrección entre pares, donde el viejo refrán «cuatro ojos ven más que dos» se ha revelado, una vez más, totalmente acertado. No solo eso: la mayor parte de las decisiones se han tomado por consenso, después de debatirlas entre todos y reduciendo así el margen para interpretaciones más alejadas del original.

Para cerrar este breve epílogo, queremos añadir únicamente que en los originales hemos encontrado citas de autores como Shakespeare, Shelley o la traducción al inglés de unos versos de Omar Khayyam. Tomando como modelo el texto original y para interrumpir el flujo de conciencia lo menos posible, hemos decidido no poner notas de las citas en la traducción. Además, la señora Dalloway no cita realmente a sus autores de cabecera, simplemente recuerda frases que se funden con sus pensamientos o los pequeños sucesos que llenan su día; sin embargo, sí queremos mencionar las ediciones de las que nos hemos valido para abordar dichas citas. En orden de aparición:

William Shakespeare, *Cuento de invierno; Cimbelino*, Ediciones Brontes, 2013, trad. de José A. Márquez y Marcelino Menéndez y Pelayo.

Percy Bysshe Shelley, *Adonais y otros poemas*, Editora Nacional, 1978, trad. de Lorenzo Peraile.

Omar Khayyam, *Rubáiyát of Omar Khayyám*, trad. de Manuel Bernabé según la versión inglesa de Edward Fitzgerald, *Revista Filipina, Segunda Etapa*, vol. 2, n.º 2, primavera de 2015.

Consultado en: http://revista.carayanpress.com/page16/styled-41/page64/index.html. Fecha de consulta: 6 de mayo de 2021.

Creemos que estos dos relatos establecen un diálogo a corazón abierto —o mejor dicho, a mente abierta— entre dos mujeres que comparten espacio y tiempo y que, sin embargo, perciben el entorno de manera única y singular. Adentrarnos en sus vivencias y sus emociones, acompañarlas por las calles de Londres o por las estancias de la casa de la señora Dalloway, o sumergirnos en sus pensamientos y recuerdos ha sido también una experiencia para todos nosotros, en la que nos hemos embarcado para poder luego verter los textos en español y presentarlos ahora a todos los lectores, con la ilusión de que puedan disfrutarlos por igual.

ÍNDICE

Esta edición de Clarissa Dalloway y su invitada,
compuesta en tipos AGaramond 13/17 sobre papel
offset Natural de Vilaseca de 120 g, se acabó de
imprimir en Madrid el día 28 de marzo de 2022,
aniversario de la muerte de Virginia Woolf